KB162453

이슬에게 물어봐

김 관 식 제12 동시집

이슬에게 물어봐

김 관 식 제12 동시집

도서출판 해동

자연에 대한 감사와 사랑을

　사람도 자연 생태계의 일원이다. 그러나 동물들은 자신의 생존을 위한 최소한의 먹이만을 먹고 살아가는데 비해 우리들은 어떠한가? 먹고산다는 기본적인 욕구를 넘어서 보다 안락하고 행복한 생활을 위해 더 많은 물질을 필요로 한다.

　과학기술의 발달로 대량생산, 대량소비로 소비가 미덕인 시대로 지구 생태계의 균형을 깨뜨렸다. 오직 인간만이 생존해야한다는 인간중심주의 사고는 더 많은 지구환경을 파괴하고, 생태계를 위협하고 있다. 지구상에는 수 만 종의 생명체가 살아가고 있다. 저마다 지구촌에 살아가야할 존재성을 가지고 태어났지만 인간은 그들에 대한 생존권을 짓밟아왔다.

　그와 더불어 디지털 과학기술의 발달은 컴퓨터, 대중매체, 스마트폰 등 영상매체가 인간생활의 필수기기가 됨에 따라 자연과 더욱 멀어져 살아가는 시대가 되었다. 자연보다는 인위적인 문명 속에서 살아가는 어린이들은 첨단 디지털영상매체에 의존하는 삶을 살아가고 있다. 이러한 지구촌 환경에 살아가는 어린이들은 디지털영상매체에 의존하는 삶으로 시와는 점점 멀어지는 삶을 살 수 밖에 없다.

　어린이들은 고독하다. 시 또한 고독하다.

　어린이들이 시를 사랑하고 자연을 아끼고 사랑하며 살아갔으면 좋겠다. 이러한 인간다운 삶의 가치와 정서를 환기시켜 줄 시와 동심의 만남과 소통이 이루어지길 바랄 뿐이다.

이 동시집은 평소 자연 속에서 발견한 아름다움을 시로 풀어본 작품들이다. 문단생활 40여년의 긴 여정 속에서 열두 번째의 동시집을 묶어낸다. 이 시집을 계기로 좀 더 어린이들에게 가까이 다가가는 재미있고 신선한 시를 써야겠다는 결심을 해본다. 생태학적 상상력과 파괴된 생태의 복원을 위한 대안을 제시하고 깨우침을 줄 수 있는 시를 써보겠다는 생각이다. 자연과 인간이 함께 더불어 살아가는 아름다운 세계, 자연과 동심이 조화를 이루는 상상력이 풍부한 시를 써볼 작정이다.

아무튼 이 시집이 어린이들에게 미약하나마 자연에 대한 사랑과 상상력을 일깨울 수 있게 된다면 큰 보람이 아닐 수 없겠다. 시심과 동심을 일깨워 준 자연에 대해 감사할 따름이다. 앞으로 시 속에 더욱 자연에 대한 감사와 사랑을 담아보겠다.

2015년 10월
김 관 식 드림

차례

✿ 꽃마을

차례

2 이슬에게 물어봐

차례

3 간이역에서

차례

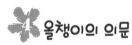

4 올챙이의 의문

차례

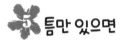

5 틈만 있으면

꽃마을

개나리꽃1

노오란
개나리

봄
병아리

엄마
울타리 안에서
봉긋
고개 내미는
노오란
꽃봉오리

삐약삐약
귀여운
노오란
병아리 주둥이

뒤뚱뒤뚱
어린 발걸음
봄빛이 부서져 내린다.

개나리꽃2

개나리
울타리

따스한
봄 햇살이
노오란
개나리를 품고 있다.

여기저기서
삐약삐약
병아리 울음소리 들린다.

노랗게 노랗게
활짝
피어오르는
개나리꽃

꽃 한 잎에
삐약
소리 하나

꽃 두 잎에
삐약 삐약
소리 둘

무더기로
피어 난
노오란 개나리꽃

수많은
병아리 떼
삐약 삐약……

개나리
꽃밭에 가면

삐약삐약
병아리
울음소리
시끄럽다.

진달래꽃

소나무 언덕
틈틈이 비집고 자란
진달래

진홍빛
진달래 꽃잎 바다

온산이
아지랑이
꽃술에 비틀거린다

아른아른
떠오르는 진달래꽃
얼킨 생각들
풀어내면

보름달처럼
떠오르는
친구들 얼굴

꽃잎
진한 향기처럼
뻐어국 뻐뻐어국
뻐꾸기 울음소리
메아리 되어
울려 퍼진다.

목련꽃1

성질
급기도 해라.

잎이
피기도 전에

활짝
열어놓은
하얀
꽃송이

사월
따뜻한 햇살

가득
모아 담는
봄의 충전기.

목련꽃2

추운 겨울
앙상한 가지에
하얀 눈꽃으로
피어 있더니만

그 눈꽃
가지 속에
하얀 물감을 빨아들여
갈무리 해두었구나.

따스한
봄 햇살에
성질 급하게
가지 끝에
쏙쏙 끌어올린
하얀 목련 꽃송이

눈부시게
환한 봄과

예식을 올리는
4월
목련꽃 신부

화사한 눈빛
세상이 밝아온다.

산수유 마을

노오란
산수유꽃
봄이 왔네.

온통
눈병에 걸려
가지마다
덕지덕지
눈꼽 덩이로 남아
떨어져 내리네.

초록열매
눈빛
초롱초롱
여름 햇살로 익어서

가을
빨갛게

피멍이든
눈두덩
그리움 덩이덩이

가슴까지
앓았나보구나

빈 가지 끝
병문안 온
겨울새들에게
붉은 눈빛으로
반기는 산수유열매.

산수유꽃

졸음에 겨운
눈

산수유나무 가지마다
노오란
눈꼽이
덕지덕지

눈비비고
일어나는
연록색 산수유잎

아지랑이
아른아른
봄이 가물거린다.

각시투구꽃

깊은 산
골짜기

자주색
투구를 쓴
로마 병사들

적을
기다리는
매복한 병사들일까?

독기를 품고
적을
기다리는
각시투구꽃
부릅뜬 눈망울.

나물 캐기

이른 봄
양지 뜸 언덕

바구니 곁에 두고
파릇하게 돋아난
나물을 캔다

나물 뿌리의 흙을
털어낼 때마다
흩어지는
봄 햇살들

바구니 가득
봄이 담긴다

솔솔솔
쏟아지는
풋풋한 봄의 향기

동그랗게

퍼지는
봄 너울

코끝이
간지럽다.

초롱꽃1

6월
왕궁의 밤
초롱으로 불 밝힌
궁녀들의 초롱불 행진

어느
왕비의 행차일까?

줄지어
다소곳이 고개 숙인 채
초롱꽃 들고 있다.

초롱꽃2

내일은
산골짝에 사는
고라니가
시집 장가가는 날

초롱꽃이
함잽이가 되었어요

등산 온 신랑 친구들이
"야호 야호"
메아리도 따라서
"함 사세요 함 사세요."

애기똥풀 꽃

엄마의 사랑을
먹고

아기가
여기저기
노랗게 똥을 싸놓았다

엄마의 사랑
따뜻한
젖비린내

아가의 웃음
까르르
아가의 울음

6월의 산과 들에
무수히 흩어져
피어난
애기똥풀꽃

가까이 가서
귀 기울려 봐

아가의 웃음소리
아가의 울음소리
들리지 않니?

코끝으로
냄새 맡아 봐
젖비린내 나지 않니?

맨드라미꽃

시골집 마당을
휘젓고 다니는
붉은 수탉의 볏 같은

호화 별장의
창문을 가려주는
자주색 빛가리개
장식물 같은

유월의 축제 때
신나게 춤을 추는
동화나라 공주님의
무용복 같은

자주색
주름진 꽃
주인 잃은
시골 집
장독대 옆에 앉아서

누군가를 기다라며
고개를 갸웃거리는
우리 할머니
얼굴 가득
구겨진
주름살 같은
맨
드
라
미
꽃.

밤꽃

연노랑
철솔 같은
밤꽃이
주저리주저리
열렸네

봄 잔치 끝난
늦은 설거지

비릿한
밤꽃 내음
6월 햇살에
휘감기네.

밤꽃 철솔
우수수 떨어지면

거북선 같은
딱딱한

밤송이로
여물어 갈
열매

가을
따가운 햇살에
가시 밤송이도
입 쫙 벌리겠네.

새 학년 등굣길

한결 따뜻해진
봄이 오는 길목

가슴 설레는
새 학년 등굣길
발걸음이 가뿐하다

이제
한 학년 올라가
새 학년이 되어
동생들이 많이 생겼다
어깨가 으쓱해진다

멋진 언니가 되겠다
더욱 의젓해지겠다

누구누구와
한 반이 되었을까?

우리 반 선생님은
누구실까?

새 교실
새 친구들
새 선생님

올해는
공부도 더 열심히 하겠다.
친구들과 사이좋게 지내겠다.

노고지리 한 마리

초록 들판
봄 하늘에
떠 있는
점 하나

지지배배
고운
노래로
땅 속
겨울잠에서
깨어나라고
봄소식
알려주고

부지런히
아지랑이
실타래를 풀어서
감아올리는
물레

노
고
지
리
한 마리.

감자꽃

6월
땡볕에 핀
하얀 꽃

꽃 진 뒤
열매를 맺지 못하고

결실은
땅 속 뿌리 끝에
주렁주렁
탁구공에서 야구공 크기
감자를 매달고 있으니
참 이상하지.

꽃 따로
열매 따로

이슬에게 물어봐

매미1

여름
도시의
녹음 짙은
가로수길

자동차 소음대신
굼벵이 생활
7년의 기나긴
어둠을 풀어내 듯

맴맴맴
쏟아내는
매미들의 합창
뜨거운 열기를
쫓아낸다.

매미2

땡볕 내리 쬐는
초록 숲 속
나무 가지에 앉아서

하루 종일
맴맴맴 매엠

마구 쏟아 붓는
초록 울음소리
온통 초록 세상이다.

내 귀를 통해
전해오는
초록 물결
찰랑거린다.

이슬에게 물어봐

이슬에게
물어 봐

이슬은
해 뜰 동안
맑은 눈으로
바라만 보다가
말없이 사라지듯

세상에
아름다운 것 중에는
말 하면
깨어져 버리는 것들도 있어.

차라리
벙어리로 지내는 것이
더 나을 때가 있어.

왜
말이 없는지
아침이면
반짝거리다 사라지는
이슬에게 물어 봐.

숲 속의 오월

소나무 숲
짙은 송진 냄새

오월이 되자
가지 끝에서
촛대들이
쑥쑥 올라간다.

그 밑에
청개구리들이
하얀 거품을 뒤집어쓰고
앉아 있고

촛대부근에
번데기 모양의
송화 꽃
달라붙더니
노오란
가루 범벅이 되었다

간절한 소원만큼
바람에
노랗게 흩날리는
송홧가루.

오월의 숲 속

쑥쑥
자라는 숲 속
5월은
거침이 없는
어린이다

그것은
산을 지키는
소나무들
가지 끝에서도 볼 수 있다

한 뼘 쯤 자란
새순은
바로 어린이들이
하늘을 향해
악수하자고
내민 손가락

조금만 지켜보면
안다

가만히 있지 못하고
이것저것 만져서
가득 묻어있는
노오란 송홧가루

그걸 바람에
날려 보내며
깔깔 웃어대는
장난스런
몸놀림

오월의 숲 속
소나무에서
어린이들이 놀고 있다.

담쟁이덩굴

나를
등산가라고 하지요.

90도
절벽도
뿌리를 뻗어가며
벽을 기어오르지요.

건물 벽을 타고
온통 건물을
담쟁이덩굴로 감싸 앉지요.

마지막 잎새
그 소녀처럼
병석에 있는 사람들에게
싱싱한 희망을 드려요.

여름 숲 속에서

숲 속의 여름은
초록빛 세상이다

풀벌레들도
초록 옷차림으로
초록색으로 운다

온통
초록으로 쏟아놓은
수많은 풀벌레의
초록 울음소리

늘
초록색으로
싱싱하다.

소나무1

구불구불
산길 따라

구부러진
소나무들

성게 같은
바늘 무더기
이파리

힘겨운
고갯마루

햇살도
힘겹게
비틀비틀
오솔길을
겨우겨우
따라 올라간다.

소나무2

소나무는
옷 수선하는 집

바늘만
잔뜩 준비해두고

골무 같은
솔방울
몇 개

햇살을
솔잎바늘 구멍에 끼어
바람 천으로
옷 수선한다.

청보리 밭

청보리밭에
부드러운 바람이
꺼칠한
머리카락을
쓰다듬고 지나가면

고개 숙이고
인사하는
청보리들

하늘을 향해
청보리들이
붓글씨를 쓰는 것일까
그림을 그리는 것일까

점점
맑아지는 봄햇살과
파아란 하늘

그런데도
정말로 붓글씨를
쓰겠다고
먹물을 잔뜩 묻힌
깜부기병
청보리들이
부르르 떨고 있다.

반딧불이

꼬리 뒤에
손전등 달고 사는
반딧불이

반짝반짝
먼 옛날의
그리운 생각

여름날
마을 여기저기
풀숲에서
공중에서
날아다니더니만

이제는 사라져버린
전설 속
이야기

깨끗해지면
다시 올 거야

괜스레 미안해진다.

비온 날

먹장구름
몰려온다고

참새들이
전깃줄에 앉아
짹 짹 짹 짹.......
울다간 뒤

우두둑 우두둑
소낙비 내렸네.

소낙비 그치자
동그란 무지개

참새가 앉았다간
전깃줄에는
참새들의 울음인 듯
동그란
빗방울이
방울방울.

풀잎 위에서도

여름
밤하늘

별들이
엄청 또렷하게
눈을 깜박거릴 때

풀잎 위에서도
별들보다
더 많은 이슬방울들이

또록또록
눈을 뜨고
바라보고 있었구나.

잠 못 이룬 여름밤

여름밤
잠 못 이루고
눈
말똥말똥

옛 생각에 젖어
하룻밤을 보냈네.

눈 감고 있어도
뚜렷하게
떠오르는 얼굴들

마음속에
늘 같이 있는
옛 친구들과
고마운 사람들

밤하늘의 별이 되었네.
내 가슴에 떠오르는 별이 되었네.

박주가리의 꿈

저 높은 하늘까지
오르고 싶었어요

넝쿨을 뻗어
오를 수 있는 것이라면
아무나 붙잡고 올랐어요

힘겹게 오르다 보니
내 열매에는
날개를 달아주고 싶었어요

손가락 크기만한
열매주머니에
날개를 달고 날고 싶은
내 꿈을 씨앗에
가지런히 담아놓았어요

어느 늦가을 맑은 날
번데기 같은 주머니를 펼쳐
내 열매를 날렸어요

바람타고
멀리멀리 날아가는
내 씨앗
나의 간절한 꿈은 이루어졌어요.

넝쿨장미

6월의
밝은 햇살 같은

따뜻한 사랑과 관심이
목마른
아이들

학교 울타리를
기웃거리며
학교 밖을 기웃거리는
핏기선 눈망울

붉은 가슴은
팔팔 뛰는데

불만으로
가시 박힌
붉은 울음

서로 어깨동무하고
위태롭게
울타리를 넘어가는
분노에
타오르는 저 눈빛

부모님의
따뜻한 사랑을
간절히 기다리는
눈빛이다.

청개구리

소나무 가지 끝에
턱을 하늘로 쳐들고
턱밑 울음주머니
볼록볼록

엄지 손가락만한
청개구리

푸른 하늘
둥둥 떠다니는
구름을 삼켰을까?

하얀 침 거품을
뱉아낸다

내일
비가 오려나보다.

간이역에서

겨자씨

눈에도 잘 보이지 않는
까만 씨앗
겨자씨

고 작은 것이
싹이 트고
자라나는 것처럼

아주 작은
사소한 일들이
모여서

다른 사람의
가슴을 뭉클하게 한다.

간이역에서

해바라기와 코스모스가
줄지어
잔뜩 피어있는
시골 간이역

기차가 멈추면
손님은
겨우 대여섯 명 정도
내리고 타지만

꽃향기
가득 올라타고

맑은 공기도
가득 올라탄다.

햇살이 길게 누울 때

서쪽을 향해
그림자와 함께
길게 누운 햇살

햇님이
서쪽하늘로 넘어 갈 무렵
노을빛
향수를 짙게 뿌리고

땅그림자
스멀스멀
스펀지에 물이 잠기 듯
어둠이 짙어갈 때

참새들도
보금자리를 찾아
대밭에 앉아
조잘대는
여름날 해질녘

모람모람
굴뚝에 밥 짓는 연기
오순도순
즐거운 마당

깜박깜박
반딧불의
불꽃놀이

극성스런 모기 때문에
마당가운데
매운 모깃불 타오르고

도란도란
이야기꽃 피우며
즐거운
온가족의 저녁식사

그게 그렇게 부러운지
밤이 깊어갈수록
별빛은
또록또록 눈알을 부라리고
노려본다

가끔
성냥을 찍 그어대듯
별똥별을 떨어뜨리며.

개미

허리 띠
졸
라
메
고

부지런히
일했다

죽는 날까지
일 하는
즐거움으로
살아갈 것이다.

바람은 휘파람 불고

바람은
가만히 있지 못한다.
덜렁대는
유치원 개구쟁이다.

마주치는
나무 가지를 흔들어대고
전깃줄만 만나도
휘파람을 불어댄다.

무엇이 그렇게도
재미있을까?

쉬지 않고
쓰다듬고
부벼대고
잡아당기고
소리 지르고

때론
태풍을 일으켜
닥치는 대로 부서대는
악동이 된다.

까치

우리 조상님들은
"아침에 까치가 우니까
오늘은 반가운 손님이 오겠구나"
길조라고
반겼지만

요즈음
농부들은
"지겨운 까치, 이제 우리 과수원에
제발 그만 오거라"
흉조라고
미워한다.

애써 가꿔놓은
과일 농사를
그것도 잘 익은 과일만
잘 알고 쪼아대고

온동네
다 떠나갈 듯
깍깍깍
시끄럽게
악을 써대니

사람들에게
해를 입히는
꼴불견
천덕꾸러기
까치

아무도
반기는 사람이 없다.

참새

하루 종일
짹짹짹
시끄럽다

먹이
먹을 때만
조용

불쌍하지
좋은 곳
구경 한번 못해보고

제가 사는 마을만
빙빙 도는

우물 안의 개구리
세상이 너무 어둡다.

별똥별

여름밤
하늘

총총한
별빛

별빛끼리
보내는
신호

찍 그어대는
성냥불 같은
별똥별 하나

은행잎 편지

심심한 가을은
노오란 색깔로
안부를 묻는다.

새파랗게
여름의 무더위를 쫓아내던
부채 같은
이파리에

바람 솔솔
노오란 그리움에
악수하던
손을 흔들며

구린내 나도록
구수한
입담 좋은
은행 알을 떨구며

빈 가지만을 남기고
발 밑
수북하게
보내온 편지들

가을은
그렇게 색깔로 온다.

가을

가을은
버림으로 온다.

나무들이
이파리를 떨구어 내면서

하늘이
무거운 구름을 버리면서

맑고 빈
가슴으로 온다.

가을은
풍성함으로 온다.

과일나무 마다
열매를 달고서

밝은 햇살을
가득 담아두고서

가을은
결실로 온다.

녹차

새봄
부드러운
찻잎 새순을 따서

불에 여러 차례
삶고 볶아서
정성을 담는다.

끓인 물에
찻잎을 넣으면

마알갛게
우러나는
연두빛 세상

그윽한 향기
한 모금 마시면

온몸에
차향기가 배어들어
온 세상이
밝아져 온다.

가을밭에서

가을입니다.
확실하게
이름표를 붙이고
바람의 신고를 받습니다

키 큰 수숫대
알 여문 열매를 세어보고
콩잎에 부는 바람
노오란 콩잎보다
왕팔뚝 같은 콩깍지를 셉니다

가을 산은 울긋불긋
나날이 치장하고
바스스
잎파리를 떨쳐버립니다

분주해진, 다람쥐, 청솔모들
겨울준비에 부산하고
빈 가지 끝에
바람이 휘파람으로
이름을 크게 불러댑니다.

산마을

산비탈
옹기종기
집 몇 채

집집마다
돌담 사이에
열매나무 몇 그루

산자락에 가리어
해는 늦게 뜨고
일찍 지는
산마을

마을 앞을
가로질러 흐르는
냇가
맑은 물소리

바람소리
새소리도
한 폭의
풍경 속에 담긴다.

가을 이름표

논밭에 나가보면
가을 이름표를 붙인
친구들이 많다

그리고 그 친구들은
무척 겸손하다.
다소곳이 고개를 숙이고
바람이 시키는 대로
따라서 출렁출렁

노랗게 익어가는 들판의
벼 이삭들
머리 숙인
수숫대 알갱이
더욱 빨갛게 불 타는
고추밭의 고추
굵은 전화선을 연결하여
컴퓨터 통신을 하며
노오랗게 익어가는 호박덩이
박, 수세미, 여자, 율무, 감, 대추 등등

시샘하는
서릿발을 이겨내며
넉넉한 웃음을 웃는
가을 친구들
각기 다른 색깔로
이름표를 붙이고
높고 파란 맑은 하늘이
제 이름을 불러주기를 기다린다.

장수하늘소

검은
가위손
집게

구멍 뚫린
고목나무
몸뚱이 속에 숨어

가위손으로
제재소를 차렸나 봐

집 앞에
톱밥
가득

긴 안테나 같은
턱을 내밀고

명령을 받고
움직이나 봐.

노을빛 꽉 찬 가을 단풍잎

노을빛에
푹 담가
붉으스름한
단풍 잎

고추장 항아리 속에서
푹 담구었다 나온
깻잎처럼
구수한 냄새
은은히 풀려나오는
단풍잎

노을빛으로
갈무리 해놓은
가을 단풍잎
가을 짱아지.

단풍잎

손 펴봐
초록 손으로
봄부터 여름까지
햇살 받쳐 들더니만

가을 되어
뜨거운 햇살에
손바닥이
온통 빨갛게
화상을 입었구나

네 손바닥의 상처가
아물 때까지
병문안 오는
사람들이 많겠구나.

올챙이의 의문

하얀 발자국

하얗게
눈 덮힌
세상

꿈도 하얗게
마음도 하얗게
발자국도 하얗게

산마을
좋아라고 뛰어다니던
멍멍이의 발자국도
하얀 발자국

지우개처럼
하얀 눈이 내려
발자국을 또 지우고

산자락
마을과 마을 사이
구불구불한
길도 웅덩이도
하얗게 지워놓았다.

고드름

물방울이 떨어져
거꾸로
방울방울

얼어붙어
죽순 되었네.

거꾸로
자라는
대나무 밭

처마 밑
일렬로
나란히 나란히

대나무밭
서걱이는
바람 대신에

반짝반짝
빛나는
고드름.

꽃상여

이승을 넘어
저승으로 가는
마지막 길

종이꽃 너울너울
출렁거리며
꽃상여 나가는 날

구슬픈
상여곡 합창
"이제가면 언제 오나
어여리 넘자----"

마을 어귀
당산나무 가지끝에
상여꽃 너울
걸려서 퍼덕거리고

뒷따르는
죽은 자의 가족
울음바다

상여가 나가기 전날
이미
밤하늘에
총총한 별들 사이
별똥별이 떨어져 내렸다.

눈 덮인 세상

하얀 눈송이
몽실몽실

쌓고 쌓아
하얀 세상 만들었네.

모두가
하얗게 변해
아름다운 세상

내가
아기였을 때
저렇게 마음도
깨끗했을 거야.

엄마의 사랑
가득한
평화스러운
천국이었을 거야.

촛불

뜨거운
가슴
하얀
촛대

심지에
불붙이면
어둠 밝히는
촛불

제 살을 녹여
촛농으로 흐르고
불빛으로 타오르는
거룩한
사랑이여!

하늘

초록 바다보다
더 넓은
사랑

헤아릴 수 없는
별들을
꼭 안아서

밤마다
반짝거리는
항구의 별빛

우리의 삶은
항구의
짧은
정박 중

우리는 서로
따뜻한 빛으로
남아야 한다.

대나무

가장 먼저
손 한 뼘 크기의
마디들로

켜켜마다
아파트를 짓은
대나무

1층, 2층, 3층....
높이 올라간다.

나·이테

나무의 나이는
나이테로 안다

봄, 여름, 가을, 겨울
지나간
자국을
동그랗게 담아놓고

통통해지고
키가 커지는
나무들

한 해를 보내면
동그라미 하나

나이가 많을수록
선생님이 그려준
동그라미 표 가득

숙제 잘 해오는
착한 아이
늘어나는
100점 맞은
1학년 교실.

대보름

정월
대보름

휘엉청
밝은 달빛

오곡밥 해먹고
부럼도 먹고

잠들면
눈썹이 하얗게 되니
어울려 놀자고

동네 사람들이
마을 어귀에 모여

아이들은 아이들대로
쥐불놀이, 뙈기치기, 숨바꼭질……

아낙네들은 아낙네들끼리
강강수월래
밤이 깊어가는 줄 모르고

밤늦도록
지치게 놀다가
드러누우면
스르르 잠이 오는 꿈길에서

내일 아침
일찍 일어나
이웃집
내 친구에게
더위팔기를 해야겠다고

혼자 비시시 웃으며
잠이 들었다.

참새 잡이

하얀 눈
펑펑
쏟아지는
겨울밤

마을 아이들이
사다리와
손전등을 들고

참새가
많이 사는
초가집 찾아가
처마 끝을 비춘다.

처마 끝
서까래 사이
참새네 집

손전등 불빛에
어리둥절
말똥말똥

놀라서
눈 크게 뜨고 있는
참새

사다리에 올라가
손을 밀어 넣으면

아이의 손에
전해오는
참새의
따뜻한
체온

춥지만
춥지 않는
따뜻한
겨울밤
참새 잡이.

토끼몰이

가을걷이가 끝나면
동네 꼬마들과 청년들이 모여서
토끼몰이를 갔다

워이워이
바둑이 몇 마리 몰고
소리 지르며

앞발이 짧고
뒷발이 긴 산토끼들

위쪽에서 아래쪽으로
몰아야 잘 도망가지 못한다

쓰다버린 물고기 그물
배구 네트로
토끼가 도망 갈 위치에
그물을 쳐놓고
토끼가 골인되기를 기다린다

겁에 질린 토끼가
이리 갔다 저리 갔다
정신이 없을 때
덥석 안아서
잡은 토끼

불쌍한
산토끼
그물에 걸린
산토끼.

두꺼비

시골집
마당 한 가운데
느릿느릿
두꺼비가 걸어간다

우중충한 하늘
-비가 오려나 보다.

잠시 멈춰서
두 눈을 깜박거리다가
다시
엉금엉금
팔딱팔딱

우둘투둘
곱사등을 하고서
주춤거리며 걸어간다.

먹구름 긴 하늘에서
빗방울 떨어진다.

너무
못생긴
두꺼비

곱사등에
우두둑
빗방울 의 안마

　-엄청 시원하겠다!

올챙이의 의문

우리들은
엄마, 아빠도
닮지 않았어.

우리들은
물고기를 닮았어.

우리들은
꼬리가 있는데
엄마, 아빠는 꼬리가 없잖아.

엄마, 아빠는
물 밖으로 나가서
펄쩍펄쩍
뛰시기도 하는데

우리들은
물고기처럼

아가미로 숨울 쉬고
꼬리와 다리로 헤엄치잖아.

참 이상한 일이야.

그렇다면
우리들의
엄마, 아빠는 누구일까?

산새

산이 좋아
산에 산다네.

숲이 좋아
숲에 산다네.

메아리가 살아있어
조잘조잘 거린다네.

공기가 맑아
맑은 노래 소리

경치가 아름다워
아름다운 것만 보는
아름다운 눈

산이 좋아라.
숲이 좋아라.

고로쇠나무

고로쇠나무가
헌혈을
하고 있다

봄이 오는
늦겨울

몸뚱이에
주사기를 꽂고
수액을
뽑아낸다.
봄기운을
뽑아낸다

따뜻한 봄을 기다리는
사람들을 위해
아낌없이 주는
나무의 헌혈

어머니 같은
나무의 사랑
마시면서
깨달아야 한다.

주사위 놀이

육면체의 각 면에
1,2,3,4,5,6
여섯 개
까만 점

집어 던져서
여섯 중에
모두들
큰 수가 나오길 바란다

데구르르
구르는 주사위
모두들
기대 찬 눈망울을 모아간다

오늘
기대하는 좋은 일
주사위를 던진다

여섯 개의 까만 점이 나오면
더욱 커지는 희망

주사위 점쟁이
예언을 믿고
하루의 힘을 얻는다.

성게

다시마
우거진
바다 속

밤송이들이
흩어져 있다.

그럼
밤나무는 어디 있지?

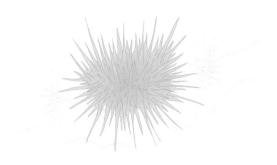

틈만 있으면

연필의 소원

내 몸이
점점 줄어들어

나는
주인의 기록이 된다.

주인이 누구냐에 따라
모양새가 달라진다.

1학년 학생이 주인이 되면
삐뚤삐뚤
학년이 높아질수록
반듯하게 보기 좋은
글씨가 된다.

나의 모양새는
내 주인의 마음을
담아낸다

글씨 연습하다 버려질
유치원생의 글씨연습보다는

훌륭한 시인을 만나
이원수 선생님이 쓰신
고향의 봄같은
많은 사람들의 가슴을 울릴
그런 동요로 남고 싶다.

물똥 싸기

새는 하늘을 날 때
몸을 가볍게 하려고
날면서도 물똥을 싼다는데.

내가 설사병이 나서
물똥을 쌌는데도
내 몸은 가벼워지지 않았다.

나는 날지 못했다.
다만 머리가 어질어질했다.
다리가 휘청거렸다.

맹꽁이

맹꽁이는
맹자님와 공자님
이름을 불러댄다.

웅덩이 가에
머리만 내밀고
시끄럽게
"맹자, 공자……"

맹자님과 공자님이
어떻다는 것인가?

맹자님과 공자님 말씀은
전하지도 못하고
"맹자, 공자, 맹꽁……"
같은 말만 되풀이 한다.

엘리베이터

엘리베이터는
두레박이다

하늘나라 선녀님이
타고 내려왔다는
두레박은
옛날의 엘리베이터

우리 집은
아파트 11층
엘리베이터를 타고
올라간다

엘리베이터는
두레박이 되고
우리들은 우물이 된다

내가 밖에 나갈 때는
우물 속으로 들어가고

내가 집으로 돌아갈 때는
두레박을 타고
하늘나라로 선녀를 찾아가는
나무꾼이 된다.

손들어

병정놀이 할 때면
항상 적병이 되어
"손들어!"
내 명령에
실망한 눈빛으로
손을 번쩍 들던 철이

공부시간에
선생님의 질문에
자신있는 눈빛으로
"저요! 저요!"
자랑스럽게
손을 높이 든다

오히려
손을 못든 내가
포로가 되었다

이상하다
병정놀이 할 때
늘 내 명령을 따르던
철이가
공부시간
자신있게 손들고

나는
포로처럼 주눅이 들어간다

나도
이제
병정놀이할 때
손을 들어야겠다

그러면
공부시간에도
자신있게
손을 들 수 있을 거다.

수양버들

수양버들
서너 그루

호숫가에 앉아
머리카락을
손질하고 있다.

물은
제 모습을 들여다 볼 수 있는
커다란 거울

호수는
미장원

뜨거운
여름 한낮
물고기들은
미용사 아가씨

이리저리
부지런한 손놀림에
수양버들의 머리카락이
물풀처럼
흐늘거린다.

소루쟁이

줄기는
온통
토끼 귀처럼
종긋 솟아났다

귀만 열어두고
남의 이야기
듣기 위함이다.

해바라기

커다란
해를
튕겨내는
테니스 라켓

노란 꽃으로
씨줄과 날줄로 엮인 망에
걸리는 햇살

점점
까맣게
타 들어가
촘촘히
숯덩이가 되어가는
해바라기씨

하루 종일
주고받는
햇살과의 눈맞춤.

틈만 있으면

보도 블럭 사이
그 좁은 틈에도
풀씨가 돋아나는 것 보았지.

틈만 있으면
독도가 제 땅이라고 우기는
이웃나라 일본을 보았지.

잡초

뽑아도 뽑아도
또 돋아나는
끈질긴 잡초

입 다물라 해도
입 다물지 못하고
재잘거리는
아이들 잡담

다른 사람이 싫어하든 말든
거리낌 없는
모습들

가뭄 들면
멈출까?
겨울 오면
멈출까?

애완동물

귀여운 동물들이
사람들의 종이 되었다

하루 종일
주인을 기다리는
야생을 잃어버린
애완동물

단독주택, 아파트 등의
안방에 들어앉아
사람들이 주는
인스턴트 먹이를 먹고 살아간다

사람의 취향에 따라
포유류, 조류, 어류, 파충류, 양서류 곤충 등
그 종류도 무척 다양한 동물을
애완동물로 한다

도시에 몰려들어
고향을 잃어버린
주인처럼
이제 자연을 떠나
사람과 함께
살아가는 동물가족들

자꾸 사라져가는
산과 숲
보금자리를 잃어가는
숲 속 친구들
강과 바다 친구들
하나, 둘⋯⋯
사람들의 종이 되어가고 있다.

거참

아빠는
내가 말썽부리면
  -거참, 누굴 닮아 저러지?

옆에 있던 엄마는
  -당신을 꼭 닮아서 그러지

그 말 듣고
언짢은 얼굴로
  -거참, 여러 고을이 시끄럽네

할머니께서는
엄마 보고
  -애야. 아범은 어렸을 때 무척 착했다
나를 보고
  -귀여운 내 강아지, 다시는 그러지 말아라

아빠와 엄마가
나 때문에 다투시면
부끄러워 쥐구멍이라도 들어가 숨고 싶을 때
오직
내 편을 들어주시는 분은
우리 할머니.

쇠비름

철수네 밭에도 돋아났네
순이네 밭에도 돋아났네
잡초 쇠비름

뿌리가 잘려도
줄기가 잘려도
땅에 닿기만 하면

다시 되살아나는
우리 옆집 말썽쟁이
억쇠씨 아들
꼭 닮은
쇠비름

선생님께 꾸중을 들어도
귀 꽉 막힌
생쥐 귀를 닮은
죄그만 잎

생긴 모습은
키 작은 귀염둥이
장독대 지키는
채송화를 닮았는데

온 밭에
성가시게 돋아났네

쇠비름은
농부들이 자기를
그렇게 싫어하는 줄
모르는가 보네.

구름 사이로

하얀 구름 사이로
파아란 하늘은
늘 깨져 보였다.

맑은 날
뭉게뭉게
피어오르는 구름 사이로

언뜻언뜻
깊어만 보이는
하늘

하얀 아이스크림을
핥아먹는
심심한
가을 하늘.

폭포수

하얗게
흩어지는
물보라

폭
포
수

시원스럽게
쏟아대는
우렁찬
물소리

깊은 산의
심장소리다.

강둑에 서면

싱그러운
바람이 분다.

강변
갈대밭에서
머리카락을 빗질하는
바람

강둑에 서면
거꾸로 선
강변의 그림자

내가
자꾸만
거꾸로 걸어간다

먼 옛날 생각들이
거꾸로 달려와
바람처럼 따라온다.

나비는

나비는
머리가 무척 어지러운가 봐.
공중을 이러 저리
뒤뚱뒤뚱 왔다 갔다 하는 걸 보니

나비는
향기에 푹 빠져
꽃술에 취했나봐

비틀비틀
날아가는 걸 보니

나비는
예쁜 꽃들만 찾아다니면서
너무 기쁜 나머지

머리가 어지럽고
아름다움에 푹 빠져
정신을 못 차리는가 봐.

함께 더불어 감사하며 살아가기
- 자연과 함께, 이웃과 더불어 -

조 기 호(아동문학가, 시인)

① 시인의 생각 들춰보기

제12동시집『이슬에게 물어봐』를 먼저 읽게 되었습니다.

이미 아동문학의 중견 시인(평론가)으로 이름이 널리 알려져 있으며 그의 아름다운 시편들 또한 많은 이들에게 널리 애송되고 있는, '김관식' 시인은 제1동시집『토끼 발자국』(1983. 아동문예사)을 시작으로 제11연작동시집『아침이슬83』(2013. 책마중)등의 여러 권의 시집 출간과 아동문학 평론에 이르기까지 왕성한 창작활동을 하고 있는 분이십니다.

그러므로 나는 조심스럽게 제5부로(각 17편) 갈래 지어 놓은 85편의 시들을 먼저 읽고 나서, 김시인이 제12동시집『이슬에게 물어봐』를 어떤 마음으로 펴내게 되었는지를 알아보고 싶었습니다. 물론 나로서의 막연한 추측은

있었지만 그래도 작자(김시인)의 생각을 들어보는 것이 좋을 것 같았기 때문입니다.

자연보다는 인위적인 문명 속에서 살아가는 어린이들은 첨단 디지털영상매체에 의존하는 삶을 살아가고 있다. 이러한 지구촌 환경에 살아가는 어린이들은 디지털영상매체에 의존하는 삶으로 시와는 점점 멀어지는 삶을 살 수밖에 없다. 어린이들은 고독하다. 시 또한 고독하다. 어린이들이 시를 사랑하고 자연을 아끼고 사랑하며 살았으면 좋겠다. 이러한 인간다운 삶의 가치와 정서를 환기시켜 줄 시와 동심의 만남과 소통이 이루어지길 바랄 뿐이다.

이 동시집은 평소 자연 속에서 발견한 아름다움을 시로 풀어본 작품들이다. (중략) 생태학적 상상력과 파괴된 생태의 복원을 위한 대안을 제시하고 깨우침을 줄 수 있는 시를 써보겠다는 생각이다.

- 작가의 〈책 끝에〉말

② 햇살은 보았을까, 바람은 알았을까

우리는 '보려고 하는 것만을 볼 수 있다'는 말이 있습니다. 무슨 말이냐고요? 그것은 우리가 일상생활에서 무엇인가 그 어떤 것에 관심을 갖고 바라볼 때 비로소 그것들에 대하여 볼(알) 수 있게 된다는 말입니다. 제 아무리 좋은 것도 우리가 지나쳐버리면 그것은 나에게 아무런 가치가 없는 것이 되고 맙니다. 그러므로 우리가 무엇에 관심을 갖느냐에 따라서 우리들이 볼(알) 수 있는 것들이 드러나 보이는 것이랍니다. 그런 점에서 김시인은 도심의 문명보다는 산과 들의 '자연'에 눈과 귀를 모으고 있는 것 같습니다.

졸음 겨운/ 봄//산수유나무 가지마다/ 노오란/ 눈꼽이/ 덕지덕지//눈 비비고 일어나는/ 연록색 산수유 잎//아지랑이/ 아른아른/ 봄이 가물거린다.

- 「산수유꽃」 전문

어느/ 왕비의 행차일까?//줄지어/다소곳이 고개 숙인 채/초롱꽃 들고 있다.

- 「초롱꽃1」 부문

엄마의 사랑을/ 먹고//여기저기/ 노오랗게/ 싸놓은/ 애기똥풀꽃// (중략)아가의 웃음소리/ 아가의 울음소리/ 들리지 않니?//

- 「애기똥풀꽃」 부문

아, 햇살은 보았을까요, 바람은 알았을까요?

봄의 어느 기슭에서 몰래 눈 뜨던 싹들이 어느새 저렇게 예쁜 꽃망울을 터트리다니요. 아직도 잠이 덜 깬 늦잠꾸러기 산수유의 눈꼽 덕지덕지한 모습도 얼마나 귀엽습니까. 마치 불을 밝히듯 대롱대롱 매달린 초롱꽃을 보면 금방이라도 동화나라의 왕비가 나타날 것 같기도 합니다. 엄마의 사랑이 묻어난 그 작은 애기똥풀꽃은 또 어디에서 찾았을까요?

 쉽사리 만날 수 없는 꽃들입니다. 아니 산과 들에 많이 피어나는 꽃이기도 합니다. 그러나 아무도 눈여겨 봐주지 않으면 우리가 끝내 볼 수 없는 꽃들입니다. 마주보아야 예쁘고, 오래보아야 사랑스러운(나태주의 시 '풀꽃' 인용) 이 땅의 수줍은 꽃들과 얼굴을 마주하고 향기로운 웃음을 함께 나누고 싶은 것이 아마 햇살도 보지 못한, 바람도 알지 못한 김시인의 따스한 '마음'이 아닌가 여겨집니다.

 지지배배/ 고운/ 노래로/ 땅 속/ 겨울잠에서/ 깨어나라고/
봄소식/ 알려주고// (중략) 부지런히/ 아지라이/ 실타래 풀어서/ 감아올리는/ 물레//노/고/지/리/ 한 마리.
　　　　　　　　　　　　　 - 「노고지리 한 마리」 부분

 계절은 그 시각의 자연에서 또렷하게 볼 수 있습니다. 산과 들의 식물과 꽃뿐만 아니라 풀벌레와 산새와 산짐승들에게서도 사계절의 모습이 금방 떠오릅니다. 온 산이 기지개를 켜며 푸른 눈을 뜨는 봄을 맞는 기쁨을 '하늘에 떠 있는 하나의 점'에 기대어 느껴봅니다. 봄이 왔다고, 겨울잠에서 어서 깨어나라고 세상에 봄을 알리는 노고지리의 청량한 소리에서 새롭게 맞을 날들에 대한 벅찬 희망을, 들뜨지 않은 목소리로 조용히 노래하고 있습니다. 자연이란 바라보면 어느 것 하나 곱고 아름답지 않은 것이 없음을 시인은 깨닫게 해주고 싶은 것 입니다.

③ 말없는 눈빛, 맑은 초록의 생각들

말을 많이 나누었다고 하여 서로의 마음이 통하는 것은 아닙니다. 아무런 말없이 그냥 눈빛 하나로도 마음을 찡하게 울리는 때가 있을 것입니다. 어떤 형식과 겉치레보다는 속마음이 중요하다는 뜻입니다. 아니, 그보다도 나누고자 하는 생각이 참(진실)된 것이냐, 아니면 꾸며(거짓)낸 것이냐에 따라 달라진다는 것입니다. 순정한 것은 오래도록 변함없이 우리 곁에 남게 될 것이며, 그렇지 못한 것은 제 아무리 발버둥 하여도 마침내 사라지게 될 것입니다. 바로 그런 순정함을 지닌 대상을 김시인은 '자연에서 발견하고 그 아름다움을 노래하고 있다고 보여 집니다.

이슬에게/ 물어 봐// 이슬은/ 해 뜰 동안/ 맑은 눈으로/ 바라만 보다가/ 말없이 사라지듯// 세상에/ 아름다운 것 중에는/ 말 하면/깨어져 버리는 것들도 있어.//
차라리/ 벙어리로 지내는 것이/ 더 나을 때가 있어.//왜/ 말이 없는지/ 아침이면/ 반짝거리다 사라지는/ 이슬에게 물어 봐.
- 「이슬에게 물어 봐」 전문

그냥 온통 초록의 세상입니다. 사람의 마음을 가장 편안하게 하고 안정되게 해주는 색깔이 바로 초록빛이라고 합니다. 바로 그런 빛깔을 품은 자연이야말로 결코 우리와 함께하지 않으면 안 될, 또한 그러므로 우리가 보호하고 가꾸지 않으면 안 될 이웃인 것입니다. 여름 숲 속의 울음 또한, 초록빛이라니 아마도 그 울음은 힘찬 희망으로 울려 퍼지는 싱싱한 꿈의 다른 표현임이 틀림없어 보입니다.

숲 속의 여름은/ 초록빛 세상이다.//풀벌레들도/ 초록 옷차림으로/ 초록색으로 운다.//온통/ 초록으로 쏟아놓은/ 수많은 풀벌레의/ 초록 울음소리//늘/ 초록색으로/ 싱싱하다.

- 「여름 숲 속에서」 전문

건물 벽을 타고/ 온통 건물을/ 담쟁이덩굴로 감싸 안지요.// 마지막 잎새/ 그 소녀처럼/ 병석에 있는 사람들에게/ 싱싱한 희망을 드려요.//

- 「담쟁이덩굴」 부분

여기보세요, 자연의 한 모퉁이에서 발견한 이런 재치 있는 비유는 참 놀랍지 않습니까. 몇 번을 다시 읽어도 하나의 그림 같은 풍경이 지워지지 않는 재미있는 시입니다. 아니 자연이 늘 가슴에 품고 있는 따뜻한 마음 또한 느껴지는 시라고 생각됩니다.

소나무는/ 옷 수선하는 집//바늘만/ 잔뜩 준비해두고//골무 같은/ 솔방울/ 몇 개//햇살을/ 솔잎마늘 구멍에 끼어/바람 천으로/ 옷 수선한다.

- 「소나무 2」 전문

김시인은 늘 말로 하지 못하는 생각들과 함께 하고 싶
어 합니다. 그 말없음에 담겨있을 더 많은 말들을 주고받
기를 바라는 까닭인지도 모르겠습니다. 그래서 김시인은
그런 말똥말똥한 눈(침묵, 생각)을 하나의 이슬이라고, 별
이라고 여기는지도 모릅니다. 그러니 그 이슬, 그 별 아름
다울 수밖에요. 날마다 바라볼 수밖에요.

여름/ 밤하늘//별들이/ 엄청 또렷하게/ 눈을 깜박거릴 때//풀
잎 위에서도/ 별들보다/ 더 많은 이슬방울들이//또록또록/ 눈
을 뜨고/ 바라보고 있었구나.

- 「풀잎 위에서도」 전문

여름밤/ 잠 못 이루고/ 눈/ 말똥말똥//옛 생각에 젖어/ 하룻
밤을 보냈네.//눈 감고 있어도/ 뚜렷하게/ 떠오르는 얼굴들//마
음속에/ 늘 같이 있는/ 옛 친구들과/ 고마운 사람들//밤하늘
의 별이 되었네./ 네 가슴에 떠오르는 별이 되었네.

- 「잠 못 이룬 여름밤」 전문

여름밤/ 하늘// 총총한/ 별빛// 별빛끼리/ 보내는/ 신호// 찍
그어대는/ 성냥불 같은/ 별똥별 하나.

- 「별똥별」 전문

④ 함께 뒹굴고 싶은, 마구 뛰놀고 싶은 세상

　넓은 땅이지만 막상 뛰어놀 곳이 없는 세상입니다. 고작 무지개 색깔로 단장해 놓은 어린이 놀이터나 동네 마당이 전부일 것입니다. 어린이들은 물론이지만 어른들도 마음껏 몸을 부려놓고 쉴 곳이 없는 것 같습니다. 마구 뒹굴고 뛰놀만한 마땅한 곳을 찾다가 어쩌면 김시인은 유년의 추억이 떠올랐을 터이고 너른 고향 마을도 떠올랐을지도 모릅니다. 어느새 어린 아이가 되어 들뜬 마음으로 노래하고 있습니다. 하루 종일 시간에 쫓기며 살아가는 우리들에게 마음껏 쉬었다가 갈 수 있는 곳이 있다면 얼마나 즐거운 일이 되겠습니까. 행복한 꿈과 아름다운 추억이 함께 하는 그런 신바람 나는 나들이를, 그리고 그런 세상을 김시인은 소망하고 있는 것 같습니다.

　해바라기와 코스모스가/ 줄지어/ 잔뜩 피어있는/ 시골 간이역//기차가 멈추면/ 손님은/ 겨우 대여섯 명 정도/ 내리고 타지만//꽃향기/ 가득 올라타고//맑은 공기도/ 가득 올라탄다.

- 「간이역에서」 전문

　바람은/ 가만히 있지 못한다./ 덜렁대는/ 유치원 개구쟁이다.//마주치는/ 나무 가지를 흔들어대고/ 전깃줄만 만나도/ 휘파람을 불어댄다.//무엇이 그렇게도/ 재미있을까?//쉬지 않고/ 쓰다듬고/ 부벼대고/ 잡아당기고/ 소리 지르고//때론/ 태풍을 일으켜/ 닥치는 대로 부서대는/ 악동이 된다.

- 「바람은 휘파람 불고」 전문

산이 좋아/ 산에 산다네// 숲이 좋아/ 숲에 산다네//메아리
가 살아있어/ 조잘조잘 거린다네// 공기가 맑아/ 맑은 노래 소
리//경치가 아름다워/ 아름다운 것만 보는/ 아름다운 눈//산이
좋아라/ 숲이 좋아

- 「산새」 전문

뒹굴고 뛰노는 일이 다만 즐거움만을 위한 일이라고 김
시인은 생각하지 않습니다. 만남을 통하여 서로의 생각
을 헤아리고 마음을 나눔으로써 더불어 힘이 되고, 위로
를 받으며, 어깨동무하는 삶을 살아갈 수 있기를 바라는
것이라고 여겨집니다. 그런 까닭에 각자의 삶, 즉 하루하
루를 성실하게 열심히 살아가는 태도를 지닐 수 있기를
또한 곁들여 노래하고 있기 때문입니다.

가을입니다./ 확실하게/ 이름표를 붙이고/ 바람이 신고를
받습니다.//키 큰 수숫대/ 알 여문 열매를 세어보고/ 콩잎에 부는
바람/ 노오란 콩잎보다/ 왕팔뚝 같은 콩깍지를 셉니다.// (하략)

- 「가을밭에서」 부분

허리 띠/ 졸/ 라/ 메/ 고//부지런히 일했다.//죽는 날까지/ 일
하는/ 즐거움으로/ 살아갈 것이다.

- 「개미」 전문

노랗게 익어가는 들판의/ 벼 이삭들/ 머리 숙인/ 수수대 알
갱이/더욱 빨갛게 불 타는/ 고추밭의 고추/ (중략) 시샘하는

/ 서릿발을 이겨내며/ 넉넉한 웃음을 웃는/ 가을 친구들/각기 다른 색깔로/ 이름표를 붙이고/ 높고 파란 맑은 하늘이/ 제 이름을 불러주기를 기다린다.//

- 「가을 이름표」 부분

　김시인의 노래처럼 바람으로, 맑고 빈 가슴으로 오는, 그리고 밝은 햇살을 가득 담고 풍성함으로 오는 그런 자연과 함께 마음을 나누는 그런 세상은 얼마나 즐겁고 행복할까 눈을 감고 생각해 봅니다.

5 가슴 설레는 추억, 우리가 간직하여야 할 것들

　지나간 일들은 늘 향기롭고 그립습니다. 그러므로 추억은 언제 어디서나 아름답기만 한 이야기로 남습니다. 저마다 기억을 떠올리면 금방 머릿속에 떠오르는 한 폭의 그림 같은, 즐겁고 재미있는 풍경이 있을 것입니다. 어린 시절 참새 잡이를 하며 토끼몰이를 하며 친구들과 한데 어울리던 경험은 이제는 어떤 기억보다도 더 아름다운 추억으로 남아있을 것입니다. 가만히 시를 읽고 있노라면 우리도 어느새 그 시절의 주인공이 되어 가슴이 콩닥콩닥 뛰고 마음이 설레는 것을 느낄 수 있을 것입니다.

　하얀 눈/ 펑펑/ 쏟아지는/ 겨울밤//(중략)

　처마 끝/ 서까래 사이/ 참새네 집//손전등 불빛에/ 어리둥절/ 말똥말똥/ 놀라서/ 눈 크게 뜨고 있는/ 참새//사다리에/ 올라

가/ 손을 밀어 넣으면//아이의 손에/ 전해오는/ 참새의/ 따뜻한
/ 체온//춥지만/ 춥지 않는/ 따뜻한/ 겨울밤/ 참새 잡이//

- 「참새 잡이」 부분

가을걷이가 끝나면/ 동네 꼬마들과 청년들이 모여서/ 토끼몰
이를 갔다.//워이워이/ 바둑이 몇 마리 몰고/ 소리 지르며// (중
략) 겁게 질린 토끼가/ 이리 갔다 저리 갔다/ 정신이 없을 때/ 덥
석 안아서/ 잡은 토끼//불쌍한/ 산토끼/ 그물에 걸린/ 산토끼//

- 「토끼몰이」 부분

그런데 또 한편으로는 마음이 안타깝고 쓸쓸한 것은
왜 일까요? 이제는 전설처럼 옛 이야기가 되어버린 오늘
의 현실(자연 모습) 때문이지요. 맑고 깨끗한 곳에서만 살
아간다는 반딧불이 어느 틈에 모습을 감추어버렸습니다.
또 장수하늘소나 다슬기, 가재 등도 좀체 찾아보기가 어
려워졌답니다. 우리네 사람들이 저지른 자연환경의 파괴
와 오염 때문이라는 생각을 하면서 김시인은 자연에게 참
죄송하고 부끄럽다는 말을 하고 싶었는지도 모릅니다.

꼬리 뒤에/ 손전등 달고 사는/ 반딧불이//
반짝반짝/ 먼 옛날의/ 그리운 생각//여름날/ 마을 여기저기/
풀숲에서/ 공중에서/ 날아다니더니만//이제는 사라져버린/ 전설
속/ 이야기//깨끗해지면/ 다시 올 거야/ 괜스레 미안해진다.//

- 「반딧불이」 전문

우리가 가슴 설레는 하나씩의 추억을 남겨두기 위해서는 지키고 간직해야 할 일들이 있습니다. 그것은 함께 살아가며 더불어 행복을 나누어야 할 자연에 대한 관심과 보살핌입니다. 생활의 편리만을 쫓기 보다는 자연과 함께하는 불편을 기꺼이 받아들이는 지혜로운 삶을 살아가기를 김시인은 이야기 해 주고 싶은 것입니다.

6 나눌수록 기쁜 꿈, 그 자연 속으로

자연을 아끼고 사랑하며 살았으면 좋겠다는 김시인의 마음을 다시 한 번 떠올려 봅니다. 햇살 아래, 바람을 맞으며, 비를 맞으며, 구름 아래서, 눈보라 속에서 그리고 천둥 번개 속에서도 그것들과 함께 친구가 되어 자연 속에 흠뻑 젖을 수 있는, 그런 천연의 순진무구한 마음들이 미래를 살아가는 우리 어린이들에게 행복한 꿈이 되었으면 좋겠다는 시인의 바람에 대하여 고개가 끄덕여집니다, 아니 고개가 숙여집니다.

그리고 그러한 자연 사랑은 하나의 설명이나 강요에 위한 것이 아니라 저마다의 각성과 깨달음, 정작은 감동에 끌려 실현하여야 하는 것임을 여러 비유를 통하여 은은하게 나직한 목소리로 들려주고 있기 때문입니다.

싱그러운/ 바람이 분다.// 강변/ 갈대밭에서/ 머리카락을 빗질하는/ 바람// 강둑에 서면/ 거꾸로 선/ 강변의 그림자// 내가/

자꾸만/ 거꾸로 걸어간다.//먼 옛날 생각들이/ 거꾸로 달려
와/ 바람처럼 따라온다.

-「강둑에 서면」전문

'먼 옛날 생각들이 거꾸로 달려와 바람처럼 따라온
다.' 라고 김시인은 말합니다. 맑고 깨끗하고 푸른 날
들의 그 자연에 대한 그리움이 여전합니다. 자꾸 그
때 그곳으로 돌아가고 싶은지도 모릅니다.

동시집 『이슬에게 물어봐』는 자연의 순정함이 주
는 아름다움과 또한 그러한 자연에 감사하며 이 땅
의 모든 어린이들이 밝고 고운 마음으로 즐겁게 살아
갈 수 있도록 하는 이웃(자연)사랑의 마음을 일깨우
고 있습니다. 특히 김시인은 예의 그 모습대로 장황한
설명이나 화려한 말을 줄이고 굵고 담백한 몇 소절의
말로 나직이 노래하고 있습니다. 어깨를 한번 '툭' 쳐
주고는 슬쩍 미소를 짓듯 그렇게 말입니다.

'김관식' 시인의 순진무구한 동심을 다시 한 번 확
인하면서, 많이 가지면 가질수록 욕심만 늘어나고 함
께 나누면 나눌수록 기쁨이 늘어난다는 말을 떠올려
봅니다.

각자 홀로 살아갈 수 없는 세상의 이치를 우리는
자연에서 깨닫습니다. 봄과 여름과 가을과 겨울, 그리

고 들과 숲과 강과 바다와 하늘이며 한 송이의 꽃과 무
더기의 풀들이 서로 어깨를 기대어 살아가는 모습을 보
면서 세상의 모든 사람들이 이웃과 〈함께 더불어 감사하
며 살아가는〉 행복한 꿈을 이루어가기를 소망하는 김시
인의 바람이 꼭 이루어졌으면 좋겠습니다.

　아무쪼록 한 편 한 편의 시를 차근차근 음미하면서 여
러분의 가슴에 찡하게 울려오는 한 구절의 노래나 혹은 한
마디의 깨달음이 있다면 부디 친구들과, 이웃과, 소리 없이
제 몸을 내어주는 자연(세상)에 고개 숙여 감사하며 날마
다 맑은 웃음으로 행복하게 살아가기를 감히 바랍니다.

첫 눈

김관식 작시
김홍균 작곡

봄 비

김관식 작시
김홍균 작곡

종이배

김관식 작시
김홍균 작곡

바다를 생각하며 종이배를 접는다
접을때 바다 출렁이는 파도소리
손끝을 물결이 불견이 간지럽힌다
여러겹 종이를 종이를 접는다
구겨지고 부서지는 바다바다바다
철썩철썩 내가슴에도 파도가친다

아침이슬

김관식 작시
김홍균 작곡

밤새도록 하늘나라별들이 내려와
초록풀잎위에서 놀다갔나봐
별빛처럼 밝고맑은이슬 방울들
이슬이 저리도 맑은걸보면
별들도 무척 밝을거야

풀 잎

김관식 작시
김홍균 작곡

풀잎은 아침마다 바알간 이슬거울을 거울을닦려 놓는다 -
동그란 거울속에 아름답게 보이는 맑고푸른 둥그란세 상 -
햇살 - 이 들여다보고 반짝반짝 눈을깜박 거리면
부끄러워 사라지는 새침뜨기 이웃집 분이같은
얄미운소 - 녀 풀잎은밝 - 은 날 맑은날 아침이 - 면
이슬거울을 들여다보고 머리를빗는 다 -

심곡본1동의 노래

김관식 작시
허건웅 작곡

성주산 자락 깊은 구석에 는
성경인선 한─복판 후천의관 문

해마다 복사꽃 핀 다
언제나 환영합니 다

여 기 가 행복의터 전
천하의 심곡본1동

희망찬 밝은미래 꿈꾸는마 을
모두가 살고싶은 곳

날이면날마다 신명이난다 헤이 날이면 날마다 웃음꽃편다

아 심곡본일 동
영원히 사랑하리 라

영원히 사랑하리 라 심곡본일동 헤이

이슬에게 물어봐

김관식 제12 동시집

초판 1쇄 찍은 날 | 2015년 10월 21일
초판 1쇄 펴낸 날 | 2015년 10월 26일

지은이 | 김관식
펴낸이 | 최봉석
디자인 | 정일기
펴낸곳 | 도서출판 해동
출판 등록 | 제05-01-0350호
주소 | 광주광역시 동구 문화전당로 23(남동)
전화 | (062)233-0803
팩스 | (062)225-6792
이메일 | h-d7410@hanmail.net

값 10,000원

ISBN 979-11-5573-038-6 03810